Ein eigentlich ganz normaler Tag im Herbst 1987. Ich war gerade mal süße 10 Jahre alt, meine Mutter war mit ihrer Schwester beim Einkaufen und ließ meine 8jährige Cousine bei mir.

Ziemlich gelangweilt beschäftigten wir uns in meinem Kinderzimmer mit banalen Karten- und Würfelspielen. Es dauerte allerdings nicht lange, bis wir darauf keine Lust mehr hatten. Deshalb beschlossen wir das relativ gute Wetter draußen zu genießen.

Als wir die steilen, alten Holztreppen des mindestens genauso alten Hauses nach unten stapften, hörten wir durch die geschlossene Küchentür eine Art Klappern, wie wenn man Kochtöpfe aneinander stößt. In der Hoffnung, dass unsere Mütter uns vom Einkaufen etwas mitgebracht haben, stürmten wir in die Küche.

Ungläubig sahen wir uns an, denn in der Küche war niemand. Auch im Wohnzimmer gegenüber war keine Menschenseele zu sehen. Natürlich bekamen wir es mit der Angst zu tun und rannten aus dem Haus, durch den Garten, bis ans Ende der Straße. Völlig außer Puste blieben wir an einer Bushaltestelle stehen und setzten uns dort erst einmal auf eine Bank.

Langsam beruhigten wir uns auch wieder und wurden uns einig, dass wir uns das nur eingebildet hatten. Mit einem dennoch mulmigen Gefühl liefen wir langsam zurück.

Wir waren nur noch einige Meter von unserem Garten entfernt, als uns beiden plötzlich der Atem stockte. Aus meinem Zimmerfenster im ersten Stock beobachtete uns ein älterer Mann mit rundem Gesicht, dunklen gelockten Haaren und Vollbart. Er hob die Gardine zur Seite und sah uns direkt an.

Wie gelähmt standen wir an der Straße und sahen ungläubig und ängstlich auf das Fenster. Der fremde Mann ließ uns nicht aus den Augen.

Gott sei Dank fuhr genau in diesem Moment das Auto meiner Mutter an uns vorbei und bog in unsere Einfahrt ein. Sofort rannten wir hinterher um unsere Mütter zu warnen, dass jemand im Haus ist.

Die beiden zögerten nicht und stürmten ins Haus. Nachdem sie jeden einzelnen Raum durchsucht, aber niemanden gefunden hatten, spielten sie es als kindliche Fantasien von uns herunter.

Meine Cousine und ich waren uns aber sicher den Mann gesehen zu haben.

Zurück in meinem Zimmer bemerkten wir beide, dass die Gardine immer noch genauso auf der Seite lag, wie ihn der bärtige Mann abgelegt hatte.

Mittlerweile waren wir uns selber nicht mehr sicher, ob es vielleicht doch nur Einbildung war und wir den Vorhang selber so liegen gelassen hatten.

Mit Spielen abgelenkt dachten wir auch schon bald nicht mehr daran.

Kapitel 1

Einige Wochen später saß ich mit meiner Mutter im Wohnzimmer zusammen beim Fernsehen. Auf einmal hörten wir, dass jemand die Treppen hoch läuft. Es war so laut, dass wir beide vor lauter Schreck zusammenzuckten. Gut, wir sind davon ausgegangen, dass meine ältere Schwester, die mit ihren zwei Kindern im Erdgeschoss wohnte, nach Hause gekommen war und aus irgend einem Grund auf den Dachboden musste.

Dem war allerdings nicht so. Meine Schwester war noch gar nicht zu Hause. Weder das Licht unten brannte, noch ihr Auto stand draußen. Die Dachbodentür knallte und laut polternde Schritte waren von oben zu hören.

Erschrocken und verwundert beschlossen meine Mutter und ich, den Geräuschen auf dem Dachboden auf den Grund zu gehen. Natürlich fanden wir nichts.

Später, als meine Schwester nach Hause kam, erzählten wir ihr davon. Sie meinte, dass es durchaus möglich wäre, dass jemand eingestiegen sein könnte, da sie ihr Wohnzimmerfenster offen gelassen hatte.

Auch in den nächsten Tagen hörten wir immer wieder Schritte und Gepolter im Haus. Auch meine bereits getrennt lebende, mit zwei Kindern alleinerziehende Schwester bekam das unerklärliche Getrampel mit, das aber jedes Mal auf dem Dachboden endete.

Wir waren uns sicher, dass sich irgendjemand

Zugang zu unserem Haus verschafft hat um uns Angst zu machen oder sogar zu vertreiben. Dieser Kampfansage haben wir allerdings die Stirn geboten. Absolut überzeugt davon, dass wir den Eindringling erwischen würden, brüsteten wir uns und sagten diesem Miesling den Kampf an.

Vorweg muss ich vielleicht erklären, dass unser Dachboden nicht ausgebaut war. Überall lagen Stützbalken herum, das Dach war nicht isoliert, man konnte von innen die Ziegel sehen, soweit vorhanden.

Aber zurück zu unserem Eindringling.
Mit der festen Überzeugung davon, dass uns jemand aus dem Haus ekeln wollte, schrieb meine Mutter einen Zettel: „Du feige Sau, zeig dich endlich!" und heftete diesen Zettel an einen Stützbalken auf dem Speicher.

Diese Aktion wurde ihr allerdings zum Verhängnis.

In der darauf folgenden Nacht war meiner Mutter ihr wohlverdienter Schlaf nicht vergönnt. Als sie gerade kurz vor dem Einschlafen war, zog jemand an ihrer Bettdecke. Es ging soweit, dass die Decke einige Zentimeter über ihr schwebte. Meine

Mutter war in diesem Moment vor Schreck und Angst wie erstarrt, deswegen konnte sie nicht einmal ihren Kopf drehen um nachzusehen, wer dafür verantwortlich war. Als sie wieder imstande war zu atmen, fiel ihre Bettdecke wieder auf sie nach unten und man hörte erneut ein lautes Gepolter, das wieder seine Richtung über die Treppen auf den Dachboden nahm.

Meine Schwester im Erdgeschoss, sowie auch ich im selben Stockwerk wie meine Mutter bekamen den Lärm mit, wachten davon auf und rannten daraufhin sofort in den Flur. Zu dritt fassten wir allen Mut zusammen und schlichen uns auf den Dachboden.

Diesmal durchsuchten wir jede Ecke und fanden unter der niedrigsten Dachschräge ein Grabkreuz, das unten angespitzt war. An der Spitze war frische, feuchte Erde.

Kapitel 2

Am nächsten Morgen starteten wir erneut eine Exkursion auf den Dachboden. Was wir diesmal gefunden hatten, brachte uns zugegebenermaßen ziemlich durcheinander.

Die übrigen Dachbalken, die sonst auf dem Boden lagen, hingen – warum auch immer – zwischen den Stützbalken, die das Dach halten sollten.

Auf diesen Balken waren in blauer Farbe seltsame Zeichen gemalt. Was diese Zeichen bedeuten sollten, konnte sich keiner von uns erklären.

Auf jeden Fall beschlich uns erneut ein sehr mulmiges Gefühl.

Seitdem wurden wir jede Nacht durch laute, immer unangenehmere Geräusche geweckt, jede Nacht um Punkt 2 Uhr. Das Trampeln und Poltern entwickelte sich zu Hämmern und schmerzerfüllten Schreien.

Wir stiegen immer wieder auf den Dachboden, konnten aber nichts außergewöhnliches feststellen. Langsam hatten wir alle, die in diesem Haus lebten, das Gefühl, verrückt zu werden. Es verging keine Nacht, in der wir nicht mit Messern, Hammern oder sonstigen Werkzeugen bewaffnet ins Bett gingen.Tiefschlaf war das, was uns allen fehlte. Das raubte uns allen natürlich enorm die Kraft.

Je schwächer wir wurden, desto stärker wurde diese eigenartige Kraft, die sich immer mehr in unser Leben drängte. Je größer unsere Angst wurde, desto stärker bekamen wir diese Anwesenheit mit.

Trotzdem wollten wir von dem Gedanken nicht ablassen, dass sich jemand irgendwie Zutritt in unser Haus verschaffen würde um uns zu terrorisieren.

Meine Mutter fragte meinen Onkel um Rat. Dieser kam dann sofort noch am selben Tag und durchsuchte mit uns zusammen noch einmal das gesamte Haus. Ganz besonders gründlich nahmen wir uns natürlich den Dachboden vor.

In der Nische, in der wir kürzlich auch dieses Holzkreuz gefunden hatten, entdeckten wir zwischen altem Holz und Dachziegeln ein gerahmtes Bild, etwa so groß wie ein normales Blatt Papier. Darauf zu sehen war eine Frau, die ihr Kind im Arm trug. In die Staubschicht, die sich dick über das Glas zog, wurde ein Kreis um das Baby gemalt.

Vorsichtig öffnete mein Onkel den Rahmen. Hinter dem Bild war eine Seite einer Zeitung, worauf allerdings nichts interessantes zu lesen war, außer, dass sie schon sehr alt war. Auf der Zeitungsseite konnte man in altdeutscher Schrift das Datum lesen. Sie war vom April 1902.

Doch das war nicht alles, was aus dem Bilderrahmen zum Vorschein kam. Zwischen dem Foto und den Stellenanzeigen vom April 1902 fiel eine Glückwunschkarte heraus.

„Zur ersten Heiligen Kommunion im Mai 1911"

Die Gratulation richtete sich an eine Franziska Schneider, die uns aber völlig unbekannt war.

Außerdem wohnten wir selber noch nicht sehr lange in diesem Haus und hatten uns um die Hinterlassenschaften auf dem Speicher noch gar nicht großartig gekümmert. Was wir aber wussten, war, dass das obere Stockwerk erst in 1964 dazu gebaut wurde.

Mein Onkel bemerkte recht schnell noch etwas, was uns bisher noch gar nicht aufgefallen war. Der Dachboden war in zwei Räume aufgeteilt. Ein großer, in dem man gleich steht, wenn man zur Tür herein kommt, und ein kleinerer gleich auf der linken Seite nach der Treppe. An diesem kleinen Raum lief auch diese Nische entlang.

Doch fehlte ein Stück des kleinen Zimmers. Sofort klopften wir die Wände ab, hinter der sich dieser fehlende Raum verbergen musste. Tatsächlich, man konnte hören, dass es dahinter hohl klang.

Ohne zu überlegen, schlugen wir mit einem Hammer zwei Löcher in eine der Wände. Das eine Loch diente zum Durchschauen, das andere zum Hineinleuchten mit einer Taschenlampe. Man konnte aber leider nicht viel erkennen, da der Blickwinkel doch ziemlich eingeschränkt war.

Also vergrößerten wir die Öffnung, dass wir diesen Raum betreten konnten. Mit einem Besen beseitigten wir erst einmal die zentimeterdicken Spinnennetze. Auf dem Boden lagen lose Holzdielen, die sich problemlos mit der Hand anheben ließen. Durch das Loch im Boden konnte man direkt auf das Bett meiner Mutter sehen.

Versteckt hielt sich hier oben allerdings niemand. Jetzt hatten wir wirklich alles abgesucht.

Wir brachten von außen an der Dachbodentür

einen massiven Metallriegel an, sodass wir sicher gehen konnten, dass niemand, der vielleicht irgendwie über das Dach einsteigt, über die Treppe in unsere Wohnräume eindringen kann.

Mein Onkel blieb über Nacht bei uns. Besonders viel Schlaf hat er, wie erwartet, nicht bekommen, denn pünktlich um zwei Uhr wurde auch er von lautem Gepolter und Geschrei aus dem Dachboden geweckt.

Den Ursprung der Geräusche konnte auch er nicht finden.

Kapitel 3

Es dauerte gar nicht allzu lange, bis unsere Müdigkeit so stark wurde, dass wir die nächtlichen Lärmattacken gar nicht mehr wahrnahmen. Wir ignorierten sie einfach.

Auch wenn wir tagsüber wieder etwas hörten, das wir nicht zuordnen konnten, versuchten wir, uns nicht mehr davon beeindrucken zu lassen. Wir taten einfach so, als wäre nichts gewesen. Es würde dann schon von alleine wieder aufhören. Dachten wir.

Einige Tage später hatte meine Schwester ein paar Freunde zu Besuch. Sie saßen in ihrem Wohnzimmer, tranken Kaffee und ließen sich von leiser Musik aus der Stereoanlage berieseln.

Ihre gemütliche Unterhaltung wurde jedoch abrupt unterbrochen, da plötzlich die Musik enorm an Lautstärke zunahm. Erschrocken sprang meine Schwester auf um den Regler wieder in die richtige Position zu schieben.

Ihre Freunde, die natürlich nichts von den Vorkommnissen in unserem Haus wussten, starrten ungläubig auf die Stereoanlage. Sie mussten nicht lange warten, bis die Musik wieder ohrenbetäubend laut wurde. Diesmal konnten sie sogar sehen, wie sich der Lautstärkeregler von selbst bewegte. Die Anlage war nichts besonderes, also auch nicht mit einem Sensor für eine Fernbedienung ausgestattet.

Bevor meine Schwester aufstehen konnte, wanderte der Regler wieder zurück und die Musik wurde leiser.

Jetzt blieb meiner Schwester nichts anderes übrig, als ihrem Besuch zu erzählen, was bei uns vor sich ging.

Begeistert von dieser Geschichte wollten sie natürlich jede Einzelheit wissen. Sie kamen auf die Idee, den Geist zu beschwören, der durch das Haus spukt.

Sie bastelten sich Pappkärtchen mit Buchstaben und Zahlen, eine Karte mit „Ja" und eine mit „Nein", und legten diese im Kreis angeordnet auf den Wohnzimmertisch. In die Mitte des Kreises stellten sie verkehrt herum ein kleines Trinkglas. Jeder legte einen Finger auf den Boden des Glases und einer von ihnen fing an, Fragen zu stellen.

Ob der beschworene Geist nun wirklich geantwortet hat, oder einer von den Freunden meiner Schwester das Glas geschoben hat, kann ich nicht beurteilen. Sicher ist nur, dass diese Art, mit dem Geist in Kontakt zu treten, keine gute Idee war.

Diese Aktion schien ihn so richtig wütend gemacht zu haben. Aus dem ersten Stock hörte man einen lauten Schlag, gefolgt von einem Klirren. Alle sprangen geschockt auf, trauten sich im ersten Moment aber nicht nach oben. Dennoch fassten sie ihren Mut zusammen und stiegen die schmale Treppe hinauf in den ersten Stock.

Den Ursprung dessen, was sie gehört hatten, haben sie schnell gefunden. Ein Fensterladen schlug gegen das geschlossene Fenster, das durch den Schlag zerbrach. Erklären konnte sich das keiner, denn es war draußen absolut windstill und die Fensterläden waren fest verriegelt.

Damit beschäftigt, die Scherben aufzusammeln, zuckten sie erneut vor Schreck zusammen.

Im Erdgeschoss war die Musik wieder auf volle Lautstärke gedreht. Zwei von den Freunden liefen hinunter und rannten ins Wohnzimmer um die Stereoanlage auszuschalten. Was aber nicht möglich war. Der Schalter reagierte nicht. Ein gezielter Griff hinter das Gerät mit einem ruckartigen Ziehen am Kabel sollte das Problem beheben. Der Stecker rutschte aus der Steckdose und die Musik verstummte.

Gerade, als die beiden wieder im Obergeschoss ankamen, war von unten der nächste Knall zu hören.

Da die Scherben des kaputten Fensters bereits weggeräumt waren, gingen alle nach unten und fanden im Wohnzimmer eine kaputte

Stereoanlage auf dem Boden liegen.

Der Besuch verabschiedete sich dann ziemlich schnell und verließ fluchtartig das Grundstück.

Etwa eine halbe Stunde später rief einer der Freunde bei meiner Schwester an und erzählte ihr, dass sie beim Losfahren noch einmal auf das Haus geschaut hatten.

Aus dem zerbrochenen Fenster blickte ihnen ein Mann hinterher.

Er hatte kurze dunkle Haare, ein rundes Gesicht und einen Vollbart.

Kapitel 4

Die Wogen schienen sich zu glätten, zumindest dachten wir das eine Zeitlang. Außer den nächtlichen Lärmbelästigungen passierte in der nächsten Zeit eigentlich nichts unerklärliches mehr.

Ich war mittlerweile 13 Jahre alt, schaffte es sogar trotz den Schlafproblemen auf eine höhere Schule und startete mit großen Schritten in die Pubertät.

Eines Abends im Winter, es war schon sehr früh dunkel, setzte ich mich in mein Zimmer um meine Hausaufgaben zu machen. Ich saß noch nicht richtig, da konnte ich beobachten, wie mein Fernseher wie auf zwei Beinen aus dem Regal stapfte. Natürlich schob ich ihn sofort zurück an seinen Platz und sah, dass sich auch mein Videorecorder in meine Richtung bewegte. Nachdem ich auch diesen wieder an seine gewohnte Stelle gerückt hatte, setzte ich mich erneut an meine Hausaufgaben. Verunsichert durch das gerade erlebte, konnte ich mich nicht mehr auf meine Bücher und Hefte konzentrieren. Mein Blick wanderte immer wieder zu meinen elektronischen Geräten.

Aus Unachtsamkeit ließ ich meinen Stift fallen, also beugte ich mich herunter um ihn aufzuheben. In dem Moment, als ich mit dem Oberkörper auf meinen Beinen lag, schoss der Satelliten-Receiver aus dem Regal über mich hinweg und zerschellte an der gegenüberliegenden Wand.

Ich griff nach dem kaputten Gerät. Doch bevor ich es berühren konnte, bekam ich eine Art Schlag. Es fühlte sich ähnlich an wie ein Stromschlag, nur mit dem Unterschied, dass es nicht weh tat.

Ich stand wie erstarrt in der Mitte meines Zimmers. Ich konnte nicht einmal antworten, als es an die Tür klopfte. Die Klinke drückte sich nach unten, die Tür ging auf und im Türrahmen stand meine Mutter, die wissen wollte, was das für ein Krach war. Ich stand immer noch völlig verstört da und starrte meine Mutter nur an. Sie sah den Receiver auf dem Boden liegen und fragte mich, ob es wieder los geht.

Dann wurde mir schwarz vor den Augen und ich merkte nur noch, wie meine Knie zusammen sackten.

Als ich wieder zu mir kam, lag ich auf dem Boden, meine Mutter und meine Schwester über mich gebeugt. Ich fragte sie, was denn passiert sei, bekam aber keine Antwort. Die beiden wussten es selbst nicht.

Meine Mutter wollte das kaputte Gerät aufheben, da fiel mir ein, was passiert war und ich schrie nur, dass sie es nicht anfassen solle.
Doch sie hatte es schon in der Hand. Ihr geschah dabei zum Glück nichts. Sie legte den Receiver beiseite und hörte mir zu, was ich zu berichten hatte.

In ihren Augen sah man Hilflosigkeit, Verzweiflung und Angst.

Nachdem ich meine Schularbeiten fertig hatte, stocherten wir alle wortlos in unserem Abendessen herum und verschwanden dann letztendlich in unsere Betten.

An Schlaf war in dieser Nacht nicht zu denken. Es dauerte sehr lange, bis ich nach diesem Abend einigermaßen zur Ruhe gefunden habe.

Irgendwann war die Erschöpfung dann doch so groß, dass mir die Augen zufielen und ich endlich einschlief.

Kapitel 5

Als ich am nächsten Morgen wach wurde, fühlte ich mich, als hätte mich ein Mähdrescher überrollt. Ich konnte mich an einen sehr eigenartigen Traum erinnern.

Mein Onkel, also der jüngste Bruder meiner Mutter saß auf einer Bank und streckte mir immer seine Hände entgegen. Doch immer, wenn ich seine Hände berühren wollte, zog es ihn von mir weg. Ich war auch nicht in der Lage, ihm nachzugehen. Immer, wenn ich meine Arme in seine Richtung ausgestreckt habe, wurde er weiter weg gezogen. Bis ich ihn irgendwann nicht mehr gesehen habe. Ich war in diesem Moment so voller Trauer, dass ich sogar nach dem Aufwachen noch Tränen in den Augen hatte.

Ich quälte mich nach dem Frühstück in die Schule und hoffte, dass diese Stunden schnell vorbei gehen würden.

Am frühen Nachmittag lief ich von der Bushaltestelle nach Hause, sperrte die Haustüre auf und sah meine Schwester am Herd stehen. Sie hatte Tränen in den Augen.

In der vergangenen Nacht erlag unser Onkel seinem Krebsleiden.

So langsam verstand ich den Traum. Er hat sich verabschiedet, wollte aber nicht, dass ich mitgehe.

Wie in Trance kaute ich auf meinem Mittagessen herum ohne in diesem Moment irgend etwas zu fühlen.

Ich konnte es einfach nicht glauben, was da

passiert war. Ich wollte auch niemandem von diesem Traum erzählen. Der Tod meines Onkels nahm alle sowieso schon genug mit.

Wenige Tage später stand die gesamte Verwandtschaft auf dem Friedhof und sah trauernd zu, wie der Sarg meines Onkels in das Grab meines Großvaters herab gelassen wurde. Jetzt hieß es Abschied nehmen.

Mein Großvater starb bereits, als ich fünf Jahre alt war. Ich kann mich nur noch erinnern, dass ich immer auf seinem Schoß saß und er mir von seinen verlorenen Jahren in der Kriegsgefangenschaft erzählt hatte.

Da unser Leben aber weiterging, hatte uns der Alltag bald wieder. Unser spezieller Alltag.

Meine Großmutter wurde allerdings nie mit dem Tod ihres jüngsten Kindes fertig.

Ein Jahr später träumte ich, dass ich durch einen Wald renne und meine Oma sich immer wieder hinter den Bäumen versteckte. Ich habe sie aber nie erwischt. Immer, wenn ich an dem nächsten Baum, hinter dem sie war, ankam, war sie schon wieder hinter einem anderen. Plötzlich stand ich bei uns zu Hause im Flur und das Telefon klingelte. Ich hob den Hörer ab und hörte die Stimme meiner Großmutter, die mir sagte, dass sie gehen muss, weil ihr Sohn sie braucht.

Am nächsten Tag, als ich von der Schule nach Hause kam, bekam ich die Nachricht, dass meine Oma in der vergangenen Nacht einen Schlaganfall erlitten hatte und diesen nicht überlebt hat.

Ich beschloss für mich, nie wieder zu schlafen. Aus Angst, dass ich wieder von einem geliebten Menschen Abschied nehmen muss.

Kapitel 6

Ich war wahnsinnig wütend auf diese Kreatur, die uns allen erst den Schlaf raubte, uns dann sogar tätlich angriff und uns zu guter Letzt scheinbar die von uns geliebten Menschen nahm.

Die Trauer kam natürlich immer wieder hoch, aber ich beschloss, mich keinesfalls von diesem Ding unterkriegen zu lassen. Ich wollte mir meine Kraft, die mir geraubt wurde, wieder zurück holen. Also sagte ich dem

Energiedieb den Kampf an.

Als ich allein zu Hause war, konnte ich wieder einmal laute Geräusche vom Dachboden hören. Es klang, wie wenn jemand dort oben Möbel verrückt.

Diesmal war meine Wut und mein Kampfgeist allerdings größer als meine Angst. Aus dem Wohnzimmerschrank schnappte ich mir ein paar Kerzen und aus der Küche ein Päckchen Salz.

Mit Herzklopfen polterte ich lautstark die Dachbodentreppe hinauf, zog den Riegel aus der Tür und stieß laut und schnell die Tür auf.
Es war kalt und roch modrig, aber das konnte mich diesmal nicht davon abhalten, mein Zuhause zu verteidigen.

Ich zog in der Mitte des Raumes einen Kreis aus Salz und setzte mich in diesen auf den Boden. Um mich herum positionierte ich die Kerzen, die ich natürlich auch anzündete.

Das Atmen fiel mir zunehmend schwerer. Es fühlte sich an, als würde mir jemand den Hals zudrücken. Mit geschlossenen Augen atmete ich ein paarmal tief durch, stand auf und fing an, einfach zu sagen, was ich sagen wollte.

„Du willst mich am Boden sehen? Du willst mir die Kraft nehmen, indem du dich an meiner Familie vergreifst? Ich habe keine Angst vor dir! Ich gebe dir keine Angriffsfläche mehr! Ich kämpfe gegen dich! Du kannst mir vielleicht die Kraft aus meinem Hass, meiner Angst und meiner Wut rauben, aber niemals die aus meiner Liebe! Zeig dich und kämpfe! Ich schicke dich dahin, wo du hin gehörst!"

Ich hatte das Gefühl, als ob mir jemand die Hände auf die Schultern legt um mich zu bestärken, um mir zu zeigen, dass ich nicht alleine bin. Aus beiden Augen liefen mir die Tränen wie Sturzbäche über das Gesicht, aber es fühlte sich gut an.

Zum ersten Mal war ich mir sicher, dass ich es schaffen kann.

Außerhalb des Kreises konnte man fast schon sehen, wie kalt die Luft wurde, aber ich spürte eine angenehme Wärme um mich. Ich sog die Energie förmlich in mich auf.

„Verschwinde von hier und lass uns in Ruhe!" befahl ich ihm.

Die Raumtemperatur normalisierte sich und

das beklemmende Gefühl schlich sich aus mir. Ich fühlte mich groß, ich fühlte mich plötzlich stark. Und ich war stolz darauf, endlich mutig genug gewesen zu sein, der Kreatur die Stirn zu bieten.

Zufrieden löschte ich die Kerzen und trat aus dem Kreis.

Mit einem Glücksgefühl sah ich mich noch einmal im Raum um und war mir sicher, dass ich Erfolg hatte und diesen Störenfried vertrieben hatte.

In diesem Moment ging unten die Haustüre auf und meine Schwester rannte eilig die Treppen hinauf bis zum Dachboden. Sie hatte von außen gesehen, dass das Licht brannte und hatte sich Sorgen gemacht.

Ungläubig sah sie mich an. Ihr Blick fiel auf den Kreis und die Kerzen, dann wieder auf mich. Ich nahm ihre Hand und sagte ihr, dass wir, wenn wir zusammenhalten würden, alles von uns fernhalten können, was uns schadet. Man konnte in ihren Augen die Erleichterung sehen, als sie mir bestätigte, dass es jetzt gar nicht mehr so unheimlich war.

Die nächste Nacht war angenehm ruhig. Jeder

konnte schlafen ohne geweckt zu werden. Die einzigen Geräusche, die zu hören waren, war das Knacken des Holzes im Ofen und der Wind, der an den Fenstern vorbei pfiff.

Alle erholten sich von den Angriffen in den letzten Jahren.

Wir beschlossen, in Zukunft kein Wort mehr über die Vorkommnisse zu verlieren.

Ein paar Monate später fuhr ich mit einem Freund für zwei Wochen in den Urlaub, Camping in Südfrankreich. Meine Mutter, meine Schwester und deren Kinder starteten eine Woche später in Richtung Spanien.

Ich kam eine Woche vor meiner Familie wieder nach Hause. Mein Vater holte mich vom Bahnhof ab und fuhr mich in das kleine Dorf zu unserem Haus.

Schon von außen fiel mir auf, dass das Licht auf dem Dachboden brannte. Da ich mir aber sicher war, dass irgendjemand wohl vergessen hatte es auszuschalten, machte ich mir darüber keine Gedanken.

Nachdem ich meine Reisetasche in die Ecke geschoben hatte, stieg ich die Treppen nach oben um das Licht auszuschalten.

Der Riegel war geöffnet und die Tür nur angelehnt. Ich schob die Tür auf und meine Hand bewegte sich fast automatisch in Richtung Lichtschalter.

Das Licht war allerdings jetzt aus.

Kapitel 7

Sofort beschlich mich wieder dieses mulmige Gefühl, das sich sehr schnell zu Angst wandelte. Nun war ich aber auf mich gestellt, ich war schließlich mutterseelenallein im Haus. Panisch rannte ich die Treppen herunter, aus der Haustür raus und klingelte beim Nachbarn.

Der Sohn des Nachbarn, der nur wenige Jahre älter war als ich, ging sofort mit mir mit ins Haus. Zu zweit betraten wir die Treppe, als es zweimal knallte. Es kam von oben.

Erschrocken zuckten wir zusammen, fassten dennoch allen Mut und liefen nach oben.

Die Tür zum Dachboden war geschlossen und

der Riegel war zugeschoben. Man konnte aber durch den Türspalt sehen, dass das Licht wieder brannte.

Der Nachbar, der nichts von den ganzen seltsamen Vorkommnissen wusste, zog ein Messer aus seiner Hosentasche und wollte die Tür öffnen. Seinen ungläubigen Blick werde ich nie vergessen, als ich ihm sagte, dass er mit einer derartigen Waffe nichts ausrichten könne.

Jetzt musste ich ihm alles erzählen. Es war mir etwas unangenehm, weil das ja doch eine Geschichte ist, die darauf schließen lassen könnte, als hätte man nicht alle Tassen im Schrank. Überraschenderweise glaubte er mir.

Wir holten ein paar Sachen von ihm und er blieb über Nacht bei mir.

Pünktlich um zwei Uhr knallten alle Fensterläden zu und sprangen sofort wieder auf. Ein lautes, knurrendes Stöhnen fuhr durch das ganze Haus und in jedem Zimmer brannte plötzlich das Licht.

Gelähmt vor Schreck und Angst saßen wir im Wohnzimmer und trauten uns kaum zu atmen.

Nachdem wir den Schock einigermaßen

überwunden hatten, rannten wir erst einmal aus dem Haus in den Garten.

Mein Nachbar Sven konnte nicht glauben, was er da eben erlebt hatte. Ich fühlte mich in diesem Moment auch ziemlich alleine, da niemand von meiner Familie da war. Sie waren noch eine ganze Woche in Spanien.

Sven sah plötzlich mit großen Augen auf und sein Blick erstarrte beim Anblick des Wohnzimmerfensters. Er stotterte, dass jemand im Haus sei. Ich versuchte ihm beizubringen, dass er nicht glauben sollte, was er da sah. Verwirrt schüttelte er den Kopf und konnte beschwören, dass er jemanden sah. Ich hielt es nicht für nötig, meinen Blick auf das Haus zu richten.

Ich wusste, was, bzw. wen er sah.

Er beschrieb einen älteren Mann mit rundem Gesicht, kurzen, dunklen, gelockten Haaren und Vollbart.

Es war zurück. Jetzt scheinbar noch stärker als vorher.

Kapitel 8

Diese Nacht verbrachten wir bei Sven und seinem Vater Bruno, den wir über die Vorfälle informiert haben. Bruno zögerte kurz, er wusste nicht, dass in der letzten Woche bei uns niemand zu Hause war. Er hatte sich nur gewundert, warum jede Nacht um zwei Uhr unser ganzes Haus beleuchtet war.

Am nächsten Tag wollten Sven und ich zu mir nach Hause gehen um Wechselkleidung und meine Zahnbürste zu holen. Allerdings trauten wir uns nicht alleine. Bruno begleitete uns und wir betraten zu dritt das Zentrum der Angst.

Ich schloss die Haustür auf, und wir wurden prompt mit einem lauten Knall begrüßt. Obwohl es Mitte August war, konnten wir im Haus unseren Atem sehen. Es fühlte sich an wie in einer eisigen Winternacht. Und es war dunkel.

Die Zahnbürste und Kleidung in den Hintergrund gestellt, machten wir uns auf die Suche nach dem Ursprung dieses Knalls, den wir beim Betreten des Hauses gehört hatten.
Im ersten Stock lag direkt unter der Dachbodentreppe der schwere Eisenriegel, der eigentlich die Tür zum Dachboden

verschließen sollte. Wir konnten ihn nicht vom Boden aufheben, denn er war glühend heiß.
Jetzt konnte man auch in Brunos Augen die Angst und Unsicherheit sehen.

Schnell packte ich ein paar Sachen für mich zusammen und wir machten uns schnurstracks auf den Weg ins Nachbarhaus.

Aber ich hatte es doch schon einmal verjagt. Ich wusste, ich würde es wieder schaffen. Nur war meine Angst zu groß, alleine nach Hause zu gehen und dem Eindringling erneut den Kampf anzusagen.

Sven bot mir an mich zu begleiten und mir zu helfen, auch Bruno hätte sich angeschlossen, allerdings wollte ich die beiden nicht in Gefahr bringen. Mir war durchaus klar, wozu dieses Ding in der Lage war.

Dennoch ließen sich die beiden nicht davon abhalten mich zu unterstützen.

Da es ein ziemlich warmer Sommer war, setzten wir uns am Abend in unseren Garten, heizten den Grill an und aßen gemeinsam. Wir saßen noch lange auf der Terrasse und redeten. Die beiden wollten ganz genau wissen, was bei uns so alles passiert ist. Ich erzählte ihnen alles, was ich wusste und erlebt hatte.

Es wurde immer später, aber die beiden waren so fasziniert von meiner Geschichte, dass wir völlig die Zeit vergaßen.

Als Bruno nach der Uhrzeit fragte, ging im Haus das Licht an. Also wusste ich, dass es zwei Uhr war. Ein prüfender Blick auf Svens Armbanduhr bestätigte das.

Bruno und Sven ließen sich jetzt nicht davon abhalten, ins Haus zu gehen und mir den Rücken zu stärken.

Wir standen wortlos im Flur des Erdgeschosses und atmeten noch einmal tief durch. Mutig und siegessicher stapften wir die Treppen nach oben.

Der Riegel steckte mittlerweile wieder in der Dachbodentür.

Als wir den Raum betraten, fiel Brunos Blick direkt auf die Dachbalken, die mittlerweile seit Jahren auf den Streben lagen. Die in blauer Farbe gemalten Zeichen darauf waren immer noch gut zu erkennen.

Doch auch er konnte mit diesen Zeichen nichts

anfangen.

Als dieses unheimliche Gefühl langsam wieder verschwand, beschlossen Sven und ich, diese Nacht hier zu bleiben.

Es dauerte auch nicht lange, bis wir beide eingeschlafen waren.

Am nächsten Morgen, als ich gerade wach wurde, bemerkte ich, dass Sven mit angewinkelten Knien da saß und mich beobachtete. In seinen Augen war die blanke Angst zu sehen.

Auf meine Frage, was passiert sei, schüttelte er nur seinen Kopf und schaute mich weiter ungläubig an. Er ließ mich nicht aus den Augen.

Da ich mich sowieso schon ziemlich ausgelaugt fühlte, fragte ich ihn ziemlich patzig, was er für ein Problem hatte.

Es stellte sich heraus, dass Sven die ganze Nacht nicht geschlafen hatte, da ihn irgendetwas davon abgehalten hatte.

Er erzählte, dass ich im Schlaf auf einmal sehr stark gezuckt hatte. Danach wäre ich aufgestanden und zielstrebig auf den Dachboden gegangen. Er ging mir natürlich hinterher, da er erst dachte, ich sei wach und hätte vielleicht etwas gehört.

Laut seiner Aussage setzte ich mich dort oben mitten in den Raum und lächelte. Er hatte mich öfter angesprochen, aber keine Antwort von mir bekommen.

Er hatte Angst. Angst um mich, aber auch Angst vor mir. Nach einer Weile stand ich laut seiner Aussage wortlos auf und ging wieder nach unten. Dort legte ich mich in mein Bett und schlief.

Es fiel mir schwer, das zu glauben. Ich versicherte ihm, dass ich mich nicht trauen würde, nachts alleine auf den Dachboden zu gehen.

Wir blieben den Rest der Woche bei mir zu Hause, bis am Wochenende meine Familie vom Urlaub zurück kam.

Als wir meiner Mutter und meiner Schwester erzählten was passiert war, fing meine Mutter plötzlich ängstlich zu zittern an.

„Jetzt kriegt er uns", stammelte sie leise.

Denn auch meine Schwester verhielt sich in genau derselben Nacht sehr eigenartig.

Meine Mutter erzählte, dass meine Schwester im Schlaf ziemlich heftig zuckte, danach kerzengerade im Bett lag und irgendetwas sagte. Es war zwar sehr leise und unverständlich, aber sie hörte nicht damit auf. Danach lächelte sie, drehte sich um und schlief einfach weiter.

Kapitel 9

Die folgenden Tage und Nächte waren der blanke Horror. Es verging keine Stunde, in der nicht irgendetwas seltsames passierte. Da wir aber nicht wussten, wie wir mit dieser extremen Situation umgehen sollten, versuchten wir, das ganze so gut es ging zu ignorieren und damit zu leben.

Eines Abends, meine Mutter war mit ihren Schwestern beim Kegelabend war, saß ich mit meiner Schwester und deren Freund zusammen unten in ihrem Wohnzimmer. Wir überlegten gemeinsam, wie wir unseren Hausgeist beruhigen, oder besser noch, loswerden könnten. Den örtlichen Pfarrer wollten wir nicht fragen, da wir immer noch der Meinung waren, dass uns jeder, dem wir davon erzählen würden, für komplett verrückt halten würde.

Es war mittlerweile schon relativ spät, weswegen ich beschloss, nach oben in mein Bett zu gehen, da ich am nächsten Tag wieder zur Schule musste. Mein Zimmer grenzte am oberen Wohnzimmer, sodass ich durch das Wohnzimmer musste um in mein Reich zu gelangen. Das Licht im Flur, im Wohnzimmer und in meinem Zimmer hatte ich noch angelassen. Ich setzte mich aufs Bett und zog meine Jeans aus.

Kaum hatte ich mich der Hose entledigt, wurde es schlagartig wahnsinnig kalt und ich hatte das Gefühl beobachtet zu werden. Ich sah mich um, konnte aber nichts und niemanden finden. Als mein Blick in Richtung Tür schwenkte, erstarrte ich plötzlich vor Schreck. Ein menschlicher Schatten zeichnete sich an der Tür ab, bewegte sich aber nicht. Sicher, dass das der Freund meiner Schwester war, der mich nur ärgern wollte, rief ich nur, dass sich die Toilette am anderen Ende des Ganges befinden würde.

Doch in diesem Moment hörte ich sowohl meine Schwester, als auch ihren Freund lachen. Das Lachen kam allerdings von unter mir, also aus dem Wohnzimmer, das genau unter meinem Zimmer lag.

Jetzt bekam ich es richtig mit der Angst zu tun und wollte schreien, konnte aber nicht. Es fühlte sich an, als würde mir jemand den Hals zudrücken und schnürte mir damit die Luft ab. Ich tastete um mich herum, in der Hoffnung, irgendetwas zu finden, womit ich Lärm verursachen kann, dass die beiden im Erdgeschoss mich hörten.

Als ich eine Taschenlampe erwischte, gab ich damit laute Klopfzeichen auf den Boden.

In Windeseile stürmten beide die Treppen hinauf, durch das Wohnzimmer in mein Zimmer. Der Schatten verschwand in dem Moment, als ich die Schritte auf der Treppe hören konnte. Das beklemmende Gefühl am Hals war auch nicht mehr da.

Zitternd vor Angst saß ich auf meinem Bett. Meine Schwester fragte mich, was ich gemacht habe, da es sich vor dem Klopfen angehört hätte, als ob ich meine Möbel verschieben würde.

Ich versicherte, dass ich nur auf dem Bett saß und meine Hose ausgezogen habe.

Der Freund meiner Schwester bat uns, das Zimmer zu verlassen, weil er hier drin ein sehr komisches Gefühl hatte. Meine Schwester ging schon mal heraus, ich stand auch auf, ihr Freund drehte sich nochmal um, aber ich stand immer noch vor meinem Bett. Er fragte mich, warum ich nicht mitkomme.

Ich konnte nicht, etwas hielt mich an den Außenseiten meiner Unterschenkel fest. Es war an diesen Stellen so kalt, dass es weh tat. Auch war es mir nicht möglich, mich daraus zu befreien.

Die beiden kamen sofort zurück und zogen mich an den Händen aus dem Zimmer. Im Wohnzimmer brach ich vor Angst und Schmerzen zusammen. Die Außenseiten meiner Waden waren komplett blau und eiskalt. Ich fror am ganzen Körper. Also wickelte ich mich im Wohnzimmer erst einmal in eine Wolldecke und setzte mich auf die Couch. Mit starrem Blick auf den ausgeschalteten Fernseher, in dem wir uns spiegelten, zuckte ich erneut zusammen. Direkt neben mir konnte ich eine weiße menschliche Gestalt erkennen.

Auch meine Schwester und ihr Freund konnten diese sehen. Sie begleiteten mich nach unten in die Wohnung meiner Schwester, wo wir auf meine Mutter warteten.

Währenddessen normalisierte sich auch die Temperatur meiner Beine wieder und die blauen Verfärbungen ließen auch nach. Was uns aber auffiel, ist, dass an diesen Stellen die Behaarung meiner Beine verschwunden war. Diese Stellen waren komplett kahl, als ob da noch nie auch nur ein Haar gewachsen wäre.

Nach etwa zwei Stunden kam auch meine Mutter nach Hause, reagierte auf unseren Bericht aber eher aggressiv genervt. So kannten wir sie gar nicht, sie war immer die Ruhe in Person.

Sie ging auch direkt nach oben und verschwand in ihrem Schlafzimmer. Kurz darauf traute auch ich mich nach oben in mein Bett.

Es schien alles ruhig zu sein, sodass ich irgendwann eingeschlafen bin und auch erst am nächsten Morgen wieder aufwachte, an dem ich als erstes meine Beine begutachtete.

Sie waren immer noch kahl an diesen Stellen.

Die Haare sind auch bis heute nicht nachgewachsen.

Kapitel 10

Die Stimmung im Haus wurde immer angespannter. Jeder war nur noch gereizt und fühlte sich von allem und jedem angegriffen. Es kam soweit, dass meine Mutter und meine Schwester beschlossen, nicht mehr zusammen unter einem Dach leben zu können.

Die Beziehung meiner Schwester hielt dem Druck auch nicht stand und sie trennte sich von ihrem Freund.

Im April 1995 waren all unsere Sachen gepackt und sämtliche Möbel abgebaut. Alles wurde in Transporter verladen und so gingen wir erst einmal getrennte Wege. Natürlich blieb der Kontakt aufrecht erhalten.

Die räumliche Trennung sorgte auch dafür, dass meine Schwester und meine Mutter sich wieder sehr gut verstanden haben.

Keiner von uns erwähnte nur mit einem Wort die Erlebnisse, die wir hinter uns gelassen hatten. Wir wollten das einfach nur vergessen.

Seit diesem Zeitpunkt fielen uns auch keinerlei seltsamen Dinge mehr auf. Wir schienen es geschafft zu haben.

Ich war mittlerweile volljährig und zog auch wenig später von zu Hause aus.

Mit 24 heiratete ich und die Geburt meiner Tochter lies auch nicht lange auf sich warten. Gemeinsam mit der Mutter meiner Tochter zogen wir in eine Wohnung auf dem Land, die groß genug für uns war.

Es war ein altes Haus, in dem man gelegentlich das Gebälk knacken hören konnte. Meine Mutter wohnte nur wenige Straßen entfernt.

Eines Abends, meine Frau badete gerade unsere Tochter, als sie panisch nach mir rief. Natürlich stürmte ich sofort ins Badezimmer in der Annahme, dass etwas passiert sei.

Meine Frau erzählte mir, dass gerade jemand ans Fenster geklopft hätte.

Ich rannte sofort aus dem Haus und sah mich draußen um, konnte aber nichts verdächtiges entdecken.

Wieder im Badezimmer beruhigte ich sie damit, dass möglicherweise der Vermieter, der über uns wohnte, seine Fensterläden geschlossen hat und man das im Bad einfach so laut hören konnte.

Da die Wohnung im Erdgeschoss war, war es natürlich auch möglich, dass ich jemand einen Scherz erlaubt hatte.

Doch hörte man aus dem Badezimmer ständig dieses Klopfen.

Leise schlich ich mich durch den Hinterausgang nach draußen um den vermeintlichen Spaßvogel auf frischer Tat zu ertappen. Es war aber niemand zu sehen.

Also beschloss ich mich im Auto zu verstecken und zu warten, bis sich derjenige wieder an unserem Badezimmerfenster zu schaffen macht.

Plötzlich ertönte am Auto ein dumpfer Schlag. Mir blieb vor Schreck fast das Herz stehen. Kurz darauf kam allerdings mein erleichtertes Lachen. Eine Katze war auf das Autodach gesprungen.

Die Klopfgeräusche am Fenster blieben unerklärt. Wir gewöhnten uns recht schnell daran.

Nach ca. 5 Jahren endete auch diese Beziehung und wir ließen uns scheiden.

Ich dachte noch oft an meine Jugend in diesem offenbar verfluchten Haus. Immer stärker wurde mein Drang, dort noch einmal nachzusehen, ob unser damaliger unsichtbarer Mitbewohner dort immer noch sein Unwesen treibt.

Das Haus war aber längst wieder vermietet. Ich konnte ja schlecht einfach klingeln und die jetzigen Bewohner fragen, ob es bei ihnen spukt.

Es blieb erst mal bei dem Drang. Es ließ mich aber nie los.

Bis heute nicht.

Kapitel 11

2008 lernte ich eine Frau kennen. Zwei Jahre später heirateten wir sogar und bekamen einen

Sohn. Unsere gemeinsame Wohnung lag im ersten Stock eines Zweifamilienhauses. Im Erdgeschoss lebte unsere Vermieterin, eine alte Frau, die für uns wie eine Großmutter war. Wir kochten sogar jeden Tag etwas mehr und brachten ihr eine Portion nach unten.

Eines Tages rief unsere Ersatzgroßmutter laut meinen Namen im Treppenhaus. Sie brauchte Hilfe, da sie starke Schmerzen im Bauch hatte. Ich verständigte sofort ihren Sohn, der dafür sorgte, dass sie ins Krankenhaus gebracht wurde. Ein Magen-Darm-Durchbruch kostete sie fast ihr Leben.

Mehrere Wochen musste sie im Krankenhaus bleiben, direkt danach erholte sie sich in einer Rehaklinik.

In dieser Zeit, in der nur unsere kleine Familie im Haus war, hörten wir ständig jemanden durchs Haus laufen. Immer wieder durchsuchte ich alles, fand aber nichts.

Die Schritte und Geräusche wurden immer lauter. Mir schoss sofort meine Vergangenheit in den Kopf und ich erzählte meiner Frau, was ich damals erlebt hatte.

Auch hier konnten wir nichts gegen den Spuk

ausrichten. Wie damals lebten wir einfach damit.

Als ich wenig später das Sorgerecht für meine erstgeborene Tochter zugesprochen bekam, waren wir gezwungen umzuziehen.

Wir fanden ein hübsches und bezahlbares Haus auf dem Land. Die Geräusche und das Gepolter nahmen wir allerdings mit in unser neues Zuhause. Es nahm fast das selbe Ausmaß an wie damals. Auch fanden wir auf der Kellertreppe Blutstropfen, die sich keiner erklären konnte.

Unsere Aggressionen stiegen, es folgte die Trennung und schließlich die Scheidung.

Mit meiner Tochter zusammen zog ich in eine kleinere Wohnung. Mittlerweile kannte auch sie meine Geschichte und war sehr neugierig. Auch sie wollte unbedingt das Haus sehen, in dem ich in meiner Jugend lebte.

Also setzten wir uns ins Auto und fuhren dorthin. Ich parkte in einer Nebenstraße um nicht den Eindruck zu erwecken, dass wir jemandem nachstellen wollen. Wir standen auf der gegenüberliegenden Straßenseite und schauten auf das Haus. Ich hatte in diesem

Moment irgendwie Sehnsucht, fast sogar Heimweh.

Mit einem Gefühl tiefer Trauer, das ich mir nicht erklären konnte, liefen wir zurück zum Auto und stiegen ein. Auf dem Heimweg stieg die Laune wieder. Wir unterhielten uns im Auto noch über dieses Haus, bis meine Tochter sagte, dass sie das Gefühl hat, dass jemand hinter ihr auf dem Rücksitz wäre.

Um die angespannte Situation etwas aufzulockern, flachste ich, dass sich eventuelle Beifahrer doch bitte den Sicherheitsgurt anlegen sollen.

Kurz darauf war vom Rücksitz ein Klicken zu hören. Meine Tochter drehte sich um und sah mich danach mit großen Augen an. Wir bildeten uns das Klicken nicht ein. Der Gurt war tatsächlich in der Schnalle eingerastet, als ob sich jemand hinten angeschnallt hatte. Es war so unheimlich, dass wir beide Gänsehaut am ganzen Körper hatten.

Der Nachhauseweg erschien uns wie eine Ewigkeit. Keiner sagte ein Wort. Als wir zu Hause angekommen waren, lösten wir unsere Gurte, aber auch der Gurt auf der Rückbank rollte sich auf.

Fluchtartig verließen wir das Auto und rannten in die Wohnung.

Beide spürten wir, dass wir nicht alleine waren.

Es fühlte sich aber nicht bedrohlich an. Es war unheimlich, aber nicht beängstigend. Wir hatten wohl etwas mitgenommen.

Ich hieß es bei uns willkommen.

Kapitel 12

Wir haben mittlerweile das Jahr 2018 erreicht. Im Nachhinein bin ich froh, dass meine Tochter und ich den Geist freundlich bei uns aufgenommen haben. Manchmal hört man ihn, aber nie beängstigend.

Da wir uns mit ihm arrangiert haben, steht er auf unserer Seite und hilft uns auch über manche Probleme hinweg. Vielleicht glauben wir auch einfach nur daran, aber es tut gut, daran zu glauben. Denn wenn wir einen Punkt haben, an dem wir keinen Ausweg mehr wissen und psychisch am Boden sind, passiert etwas, das für andere seltsam ist, für uns aber mittlerweile normal.

Er zeigt uns, dass er da ist und uns hilft. Meine Tochter und ich haben die Hilfe zugelassen. Alle anderen, die damals mit uns im Haus gewohnt haben, haben ihn verdrängt.

Meine Schwester erlag im Dezember 2016 ihrem Krebsleiden.

Für meine Mutter gab es auch keinerlei Heilungschancen mehr. Sie schloss im April 2018 für immer ihre Augen.

Wie wir mittlerweile mitbekommen haben, hatten wir es damals mit mehreren Kreaturen zu tun, die uns nicht alle wohlgesonnen waren.

Meine Tochter und ich nahmen einen von ihnen auf. Der, der sich im Auto an uns heftete.

Er ist gar nicht unfreundlich, im Gegenteil.

Wir beide erfreuen uns hervorragender körperlicher Gesundheit.

Dieser Geist lebt jetzt bei uns, mit uns.
Er zeigte sich uns auch.

Es ist ein älterer Mann mit dunklen, gelockten Haaren, einem runden Gesicht und einem Vollbart.

Ende

© 2019 Stefan Wegwart
Herstellung und Verlag: BoD
Books on Demand, Norderstedt
ISBN 978-3-7494-2942-4